1 MARS 1913

1 Mars 1913

V

VENTE

Du Samedi 1er Mars 1913

HOTEL DROUOT, SALLE No 6

A DEUX HEURES

Tableaux Anciens

APPARTENANT A M...

COMMISSAIRE-PRISEUR

Me HENRI BAUDOIN

Successeur de M. Paul CHEVALLIER

EXPERT

M. GEORGES SORTAIS, PEINTRE

CATALOGUE

DES

TABLEAUX ANCIENS

ET MODERNES

Des Écoles Flamande, Française
Hollandaise, Italienne et Espagnole

ŒUVRES DE :

J. DE ARELLANO, J. VAN ARTOIS, A. BOTH
A. CRAESBEKE, J. DE MARNE, J. FYT, CH. LEBRUN, J. MOUCHERON, ETC.

DESSIN, LITHOGRAPHIE

APPARTENANT A M***

ET DONT LA VENTE AURA LIEU A PARIS

HOTEL DROUOT, SALLE N° 6

LE SAMEDI 1er MARS 1913

à deux heures

Me HENRI BAUDOIN
Successeur de M. PAUL CHEVALLIER
COMMISSAIRE-PRISEUR
10, rue de la Grange-Batelière

M. G. SORTAIS, Peintre
Expert près le Tribunal civil de la Seine
11, rue Scribe
PARIS

EXPOSITION PUBLIQUE

Le Vendredi 28 Février 1913, de 1 heure 1/2 à 6 heures

CONDITIONS DE LA VENTE

Elle sera faite au comptant.

Les adjudicataires paieront *dix pour cent* en sus des enchères.

Paris. — Imp. de l'Art, Ch. Berger, 41, rue de la Victoire.

DÉSIGNATION

AQUARELLE

LITHOGRAPHIE

MOUCHERON (ISAAC)

1 — *Réjouissance romaine.*

Dessin aquarellé.

Haut., 26 cent.; larg., 21 cent.

SWEBACK (D'après DECAISNE)

2 — *Présent à une Reine.*

Lithographie coloriée.

TABLEAUX

ARELLANO (Jean de)

3 — *Couronne de fleurs.*

Composée de roses, tulipes, anémones. œillets, muguet, etc.; au centre, un motif en grisaille représentant Vénus et Adonis.

Toile. Haut., 1 m. 60 cent.; larg., 1 m. 42 cent.

ARTOIS (Jacob Van)

4 — *Prédiction du Prophète Élie.*

Sur les bords du Jourdain, au milieu d'un terrain accidenté et non loin d'un moulin, le prophète Elie et le roi Achab, assis au pied d'un arbre, prient, peudant qu'un corbeau apporte leur nourriture quotidienne.

Toile. Haut., 1 m. 31 cent.; larg., 2 m. 02 cent.

BERGHEM (Attribué à Nicolas)

5 — *Paysage.*

Troupeaux de vaches, de moutons et de chèvres, sous la garde de leurs pâtres, vont se désaltérer dans l'onde qu'une femme traverse en bateau près d'un pont et en contre-bas d'un château-fort.

Toile. Haut., 82 cent.; larg., 1 m. 02 cent.

BOTH (Attribué à André)

6 — *Paysage.*

Au premier plan, de gros arbres se détachent sur un site montueux.

Toile. Haut., 84 cent.; larg., 67 cent.

COENE (De)

7 — *Paysage d'Italie.*

Toile. Haut., 28 cent.; larg., 36 cent.

COHEN

8 — *Le Pont.*

Au fond d'une vallée, un batelier se dirige vers un pont à deux arches; à droite, sur la rive, un paysan au pied d'un chêne cause avec une femme.

Toile. Haut., 58 cent.; larg., 76 cent.

Signé en bas à droite : *J. Cohen.*

CRAESBEKE (Joseph)

9 — *Un Buveur.*

Vu à mi-corps de trois-quarts à droite, un pichet sous le bras.

Bois. Haut., 23 cent.; larg., 19 cent.

CUYP (École d'Albert)

10 — *Le Convoi hongrois.*

A l'orée d'un bois, des cavaliers escortant une charrette de ravitaillement viennent de faire halte ; en tête du convoi, un officier chevauchant un cheval noir parle à un piéton ; à droite, assis au pied d'un rocher, un soldat caresse deux lévriers.

Toile. Haut., 65 cent.; larg., 1 m. 02 cent

DE MARNE (Dit de Marnette)

11 — *La Route du Marché.*

Au milieu d'un paysage, un villageois est assis sur un tronc d'arbre entouré d'un troupeau d'animaux domestiques ; il parle à une jeune paysanne, qui conduit sa vache au marché ; au fond, le soleil se lève derrière une chaîne de montagnes.

Bois. Haut., 27 cent.; larg., 33 cent.

DE MARNE (Dit de Marnette)

12 — *La Sortie du troupeau.*

Près d'une ferme encadrée par de grands arbres, un berger conduit son troupeau au pacage ; à droite, un terrain découvert sillonné par une rivière.

Bois. Haut., 22 cent.; larg., 29 cent. 1/2.

Pendant du suivant.

DE MARNE (Dit de Marnette)

13 — *Le Petit pont.*

Un villageois, assis sur le parapet d'un pont, pêche à la ligne, une femme debout à côté le regarde ; à droite, à l'ombre de grands arbres, des moutons paissent non loin d'un paysan tenant un cheval qu'il vient de dételer.

Bois. Haut., 22 cent.; larg., 29 cent. 1/2.

Pendant du précédent.

DE MARNE ET DUNOUY

14 — *Intérieur de village.*

Une bergère et son troupeau venant de traverser un pont se dirigent vers la campagne ; au fond, une église encadrée dans les arbres.

Bois. Haut., 16 cent.; larg., 22 cent.

Signé à droite : *A. Dunouy.*

DE SENEZION (A.)

15 — *Le Présent.*

Haut., 12 cent. 1/2 ; larg., 10 cent.

DOW (D'après Gérard)

16 — *Famille dans un intérieur.*

Bois. Haut., 53 cent.; larg., 41 cent.

DYCK (Attribué à Antoine Van)

17 — *Le Crucifiement de saint Pierre.*

Toile. Haut., 80 cent.; larg., 57 cent.

EYCKEN (Charles Van der)

18 — *Portrait de deux chiens.*

Un griffon et un loulou se tiennent sur les marches d'un escalier.

Toile. Haut., 65 cent.; larg., 50 cent.

Signé en bas à gauche : *Van den Eycken.*

ÉCOLE FLAMANDE (XVIIe siècle)

19 — *Le Mangeur de couque.*

Un enfant vu de profil à gauche, la chevelure blonde, vêtu de rouge, mange un morceau de couque qu'il tient dans ses deux mains.

Bois. Haut., 42 cent.; larg., 33 cent.

ÉCOLE FLAMANDE (XVIIe siècle)

20 — *Portrait d'un Gentilhomme.*

Debout à mi-jambes, vers la droite, la main gauche dans un pli de son pourpoint de velours noir, la droite appuyée sur la hanche.

Toile. Haut., 1 m. 05 cent.; larg., 83 cent.

ÉCOLE FLAMANDE (XVIIe siècle)

21 — *Le Bon Samaritain.*

Toile. Haut., 90 cent.; larg., 1 m. 25 cent.

ÉCOLE FLAMANDE (XIXe siècle)

22 — *Marine.*

Bateaux de pêche rentrant dans un petit port.

Bois. Haut., 37 cent.; larg., 49 cent.

ÉCOLE FLAMANDE (XIXe siècle)

23 — *Brebis, agneaux et poules à l'entrée d'une basse-cour.*

Bois. Haut., 18 cent.; larg., 24 cent.

Signature illisible à droite.

ÉCOLE FLAMANDE

24 — *Le Bain de Diane.*

Bois. Haut., 32 cent.; larg., 56 cent.

ÉCOLE FRANÇAISE (XIXe siècle), genre DUPRÉ

25 — *Mare dans un paysage.*

Bois. Haut., 21 cent.; larg., 16 cent.

ÉCOLE FRANÇAISE
(Commencement du XIXe siècle)

26 — *Portrait d'Homme.*

Toile. Haut., 1 m. 04 cent.; larg., 85 cent.

ÉCOLE HOLLANDAISE (XVIe siècle)

27 — *Ecce homo.*

Le Christ, amené sur le seuil du temple, est hué par la foule ; au fond, les édifices de Jérusalem.

Bois. Haut., 1 mètre ; larg., 72 cent.

ÉCOLE HOLLANDAISE (XVIIe siècle)

28 — *Troupeau de moutons et de vaches à l'entrée d'une ville.*

Toile. Haut., 48 cent. 1/2; larg., 64 cent.

ÉCOLE HOLLANDAISE (XVIIe siècle)

29 — *Portrait de Femme.*

Métal ovale. Haut., 10 cent.; larg., 7 cent. 1/2.

*

ÉCOLE ITALIENNE (XVIIIe siècle)

30 — *Saint Pierre en prières.*

Bois. Haut., 23 cent. 1/2; larg., 18 cent.

ÉCOLE ITALIENNE (XVIIIe siècle)

31 — *Le Triomphe de Cérès.*

Toile. Haut., 95 cent.; larg., 1 m. 33 cent.

ÉCOLE VÉNITIENNE (XVIIIe siècle)

32 — *Le Violoniste.*

Vu en buste de face, vêtu d'un manteau à col de fourrure, il tient dans sa main droite un violon.

Toile. Haut., 61 cent.; larg., 47 cent.

ÉCOLE VÉNITIENNE (XVIIIe siècle)

33 — *Vieil Italien se chauffant la main au-dessus d'un brasero.*

Toile. Haut., 40 cent.; larg., 36 cent.

FERG (PAULINE)

34 — *La Rencontre.*

Une villageoise, montée sur un mulet, est accostée par des voyageurs au milieu des montagnes.

Cuivre. Haut., 34 cent.; larg., 31 cent.

FYT (Johannes)

35 — *Le Chien et sa proie.*

Un gros chien, couché à terre, vient de retirer d'un panier un morceau de mou de bœuf qu'il s'apprête à dévorer ; à gauche, près de lui, des chats attendent la fin du repas pour s'en partager les reliefs.

Toile Haut., 1 m. 32 cent.; larg., 2 m. 04 cent.

GOYEN (École de Jean Van)

36 — *Le Passage du bac.*

Sur une rivière de Hollande, des barques de pêche sont à l'ancre, pendant qu'un bac transborde sur la rive opposée une voiture chargé de voyageurs.

Bois. Haut., 40 cent.; larg., 54 cent.

GUDIN (Genre de Théodore)

37 — *Trois-mâts anglais par une mer calme.*

Bois. Haut., 19 cent.; larg., 31 cent.

Pendant du suivant.

GUDIN (Genre de Théodore)

38 — *Vapeurs français à la sortie d'un port.*

Bois. Haut., 19 cent.; larg., 31 cent.

Pendant du précédent.

HOREMANS (Jean)

39 — *Intérieur d'une chaumiere.*

Devant l'âtre qui brille, une femme et son mari sont entourés de nombreux enfants.

Toile. Haut., 49 cent.; larg., 57 cent.

INCONNU

40 — *Portrait présumé de Louise d'Orléans, Reine des Belges.*

Vêtue de rouge, couverte du manteau royal, à genoux sur un coussin de velours cramoisi, les mains jointes.

Toile. Haut., 72 cent.; larg., 50 cent.

JACQUES

41 — *Au pied des Apennins.*

Au bord d'un lac, au milieu des vaches, un pâtre garde son troupeau.

Toile. Haut., 91 cent.; larg., 1 m. 20 cent.

Signée et datée en bas à droite : *Jacques, 1859.*
Pendant du suivant.

JACQUES

42 — *Troupeau de moutons au bord d'un lac italien.*

Toile. Haut., 91 cent.; larg., 1 m. 20 cent.

Signée en bas à droite.
Pendant du précédent.

JONES (ADOLPHE-ROBERT)

43 — *Vue des Alpes.*

Dans un cours d'eau au pied des montagnes, un troupeau de vaches se désaltère.

Carton. Haut., 20 cent.; larg., 25 cent.

JORDAENS (École de JACQUES)

44 — *Buste de Mendiant.*

A mi-corps, il est tourné vers la droite, la main gauche sur la poitrine.

Toile. Haut., 86 cent.; larg., 68 cent.

KESSEL (École de JEAN VAN)

45 — *Nature morte au milieu d'un paysage.*

Bois. Haut., 14 cent.; larg., 21 cent.

KNUPFER (NICOLAS)

46 — *L'Assomption de la Vierge.*

Des apôtres devant le tombeau de la Vierge sont en extase tandis qu'elle s'élève dans les cieux.

Bois. Haut., 74 cent.; larg., 60 cent.

Signé en bas au milieu, à *Knupsère.*

KONINCK (PHILIPPE DE)

47 — *Paysage hollandais.*

Au premier plan, un pâtre conduit son troupeau au pacage; dans le fond, un village et son église au bord de l'eau.

Bois. Haut., 15 cent.; larg., 25 cent.

LAER (Van), dit le Bamboche

48 — *Paysans attablés devant une chaumière, buvant et chantant.*

Toile. Haut., 39 cent.; larg. 69 cent.

LEBRUN (Charles)

49 — *Portrait d'un Artiste.*

En buste de trois-quarts à gauche, vêtu d'une tunique de drap brun à revers rose.

Toile. Haut., 57 cent.; larg., 46 cent.

LOUTHERBOURG (École de Jacques-Philippe)

50 — *L'Heure du repos.*

Un pâtre joue du flageolet, deux femmes près de lui; un troupeau les encadre; dans le fond, des chaumières se détachent sur un ciel nuageux.

Bois Haut., 31 cent.; larg., 37 cent.

MAAS (Thierry)

51 — *La Chasse à l'ours.*

Au milieu d'un paysage montueux, deux cavaliers et deux piétons, l'épieu en mains, s'apprêtent à transpercer la bête qu'ils poursuivent.

Toile. Haut., 63 cent.; larg., 71 cent.

MANS (F.-H.)

52 — *Port à l'entrée d'une ville.*

Des bateliers et des pêcheurs abordent le rivage ; à gauche, une tour carrée et les monuments d'une ville de Hollande.

Toile. Haut., 32 cent.; larg., 45 cent.

MORLAND (Attribué à JOHN)

53 — *La Séparation.*

Un jeune homme, le pied sur le bateau qui doit l'emmener, fait ses adieux à sa femme et à ses enfants.

Toile. Haut., 1 m. 05 cent.; larg., 85 cent.

MOUCHERON (FRÉDÉRIC)

54 — *Paysage.*

A l'orée d'un bois, près d'un terrain accidenté, un paysan monté sur un âne avance sur la route, accompagné de sa femme ; derrière eux, un voyageur s'éloigne ; au fond, des nuages dorés par le soleil du matin.

Toile. Haut., 1 m. 20 cent.; larg., 1 m. 55 cent.

(*Importante et belle peinture.*)

NEER (AERT VAN DER)

55 — *Vue de la ville de Delft par un soleil couchant.*

Bois. Haut., 29 cent. 1/2 ; larg., 45 cent.

OMMEGANCK (PAUL)

56 — *L'Heureux couple.*

Un bélier lèche le museau d'une brebis dans un paysage à terrain découvert; au second plan à gauche, un pâtre, une chèvre et des moutons au bord d'une rivière.

Signé et daté en bas à gauche: *Ommeganck, 1814.*

Bois. Haut., 46 cent.; long., 59 cent.

PANNINI (Attribué à JEAN-PAUL)

57 — *L'Entrée d'un port italien.*

Au premier plan, un armateur et sa femme assistent au débarquement de marchandises variées; à gauche, une galère à l'ancre; à droite, le portique d'un palais; au fond, l'entrée d'un port.

Toile. Haut., 1 m. 43 cent.; larg. 1 m. 12 cent.

PEETERS (BONAVENTURE)

58 — *Une Tempête.*

Un trois-mats, balancé par une mer houleuse, tente de s'éloigner d'une rive boisée; à gauche, un pâtre, dans l'attitude de l'inspiration, garde des chèvres.

Toile. Haut., 1 m. 10 cent.; larg., 1 m. 56 cent.

ROFFIAEN (FRANÇOIS-XAVIER)

59 — *Une Hutte dans les bruyères, à Genck (Campine).*

Bois. Haut., 28 cent.; larg., 39 cent.

Signé en bas à droite.

ROOS (Dit Rosa de Tivoli)

60 — *Troupeau de vaches et de moutons au repos, à l'orée d'un bois.*

Toile. Haut., 62 cent.; larg., 43 cent.

RUBENS (École de Paul)

61 — *Vénus pleurant la mort d'Adonis.*

Au milieu d'un paysage boisé, Vénus et l'Amour essayent de ranimer le corps inerte d'Adonis.

Bois. Haut., 50 cent.; larg., 70 cent.

RUBENS (École de Paul)

62 — *L'Érection de la Croix.*

Sur le sommet du Golgotha, un groupe de bourreaux dresse la croix sur laquelle le Christ vient d'être crucifié; à gauche, on aperçoit des soldats et cavaliers; à droite, au premier plan, les Saintes Femmes en pleurs.

Toile. Haut., 1 m. 23 cent.; larg., 1 m. 95 cent.

RUBENS (D'après Paul)

63 — *Le Jugement de Pâris.*

Sur le mont Ida, le jeune dieu, accompagné de Mercure, montre aux déesses Junon, Minerve et Vénus, la fameuse pomme d'or qu'il tient dans la main droite.

Toile. Haut., 52 cent.; larg., 70 cent.

RUYTEN (Jean-Michel)

64 — *Réunion à l'entrée d'un château sur les bords d'une rivière.*

Bois. Haut., 24 cent.; larg., 30 cent

Signé et daté en bas à gauche : *Ruyten, 48.*

SCHELFHOUT (Attribué à André)

65 — *Les Plaisirs de l'hiver.*

Devant une chaumière, un paysan pousse un traîneau à travers la rivière glacée.

Signé à gauche : *J. S. fc.*

Bois. Haut., 31 cent.; larg., 25 cent. 1/2.

STEVENS (René)

66 — *La Mare aux cerfs.*

Dans l'intérieur d'une forêt, deux cerfs se désaltèrent.

Toile. Haut., 80 cent.; larg., 1 mètre.

SWEBACK (Genre de), dit Fontaine

67 — *Halte à l'auberge.*

Bois. Haut., 14 cent; larg., 17 cent.

Pendant du suivant.

SWEBACK (Genre de), dit Fontaine

68 — *Le Maréchal-ferrant.*

Bois. Haut., 14 cent.; larg., 17 cent.

Pendant du précédent.

TRUMPER (Ch.)

69 — *Un Coin de bois; forêt de Soignes.*

Toile. Haut., 53 cent.; larg., 77 cent.

Signé et daté en bas à droite : *Trumper Ch., 1860.*

UTRECHT (Attribué à Adrien Van)

70 — *Faucon gardant des oiseaux morts posés sur un entablement.*

Bois. Haut., 34 cent.; larg., 55 cent.

WERFF (Le Chevalier Adrien Van der)

71 — *L'Enfant aux bulles de savon.*

Il est étendu à terre sur un coussin de velours rouge, il laisse échapper une bulle de savon.

Cuivre. Haut., 26 cent.; larg., 32 cent.

www.ingramcontent.com/pod-product-compliance
Ingram Content Group UK Ltd.
Pitfield, Milton Keynes, MK11 3LW, UK
UKHW021045260726
13994UKWH00005B/2358